★

우리는 같은 밤을
걷고 있다

우리는 같은 밤을 걷고 있다

ⓒ 이강일, 2026

초판 1쇄 발행 2026년 3월 20일

지은이	이강일
펴낸이	이기봉
편집	좋은땅 편집팀
펴낸곳	도서출판 좋은땅
주소	서울특별시 마포구 양화로12길 26 지월드빌딩 (서교동 395-7)
전화	02)374-8616~7
팩스	02)374-8614
이메일	gworldbook@naver.com
홈페이지	www.g-world.co.kr

ISBN   979-11-388-5629-4 (03810)

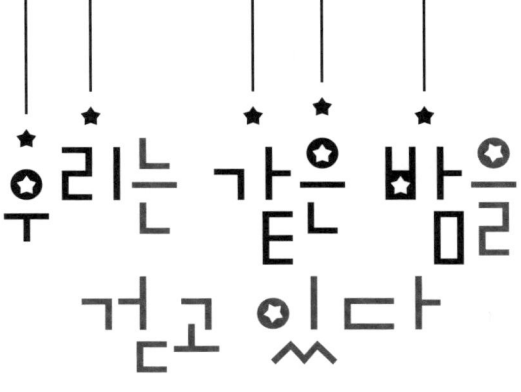

우리는 같은 밤을 걷고 있다

새벽 3시의 깨달음

이강일 지음

우리는 혼자가 아니다
비록 혼자처럼 느껴질 지라도

좋은땅

저자의 말

관광학을 전공하며 세계 여러 도시를 누볐지만, 돌아올 때마다 같은 일상이 기다렸다. 미디어문학을 복수전공하며 느낀 건 우리가 보는 세상이 얼마나 여과되고 편집된 것인지였다.

그렇게 깨달은 게 있다. 우리가 떠나는 이유는 도시가 아니라 자기 자신에서 벗어나려는 욕망이라는 것. 하지만 어디를 가도 우리는 우리와 함께다.

이 시집은 그 모순 속에서 살아가는 당신을 위해 쓰여졌다.

직장에서 야근하는 당신, SNS에서 완벽한 척하는 당신, 새벽 3시에 깨달음을 얻는 당신, 비행기표를 예매하려다 말아 버리는 당신. 그 모든 당신이 이 시집의 주인공이다.

프롤로그

[당신이 이 책을 펼친 이유]

당신은 지금 무엇을 느끼고 있는가?

아침 9시, 알람이 울렸을 때의 그 절망감?
야근으로 텅 빈 밤거리를 걸을 때의 허무감?
SNS에서 타인의 성공을 볼 때의 초라함?
새벽 3시, 침대에서 뒹굴며 느끼는 불안감?

혹은 모두가 당신의 것인가?

당신이 이 책을 펼친 이유는 하나였을 것이다.

혼자라고 느껴졌기 때문이다.

[당신이 느끼는 것들에 대하여]

당신은 매일 같은 시간에 눈을 뜨고, 같은 길을 걷고, 같은 책상에 앉아 같은 업무를 반복한다.

변화가 없다.
진전이 없다.
마치 쳇바퀴처럼 도는 것 같다.

하지만 누군가는 당신이 "운이 좋다"고 할 것이다.
일자리가 있으니까.

그래서 당신은 감정을 숨긴다.
"괜찮아요", "괜찮습니다"라고 말한다.

하지만 당신은 알고 있다.

당신이 괜찮지 않다는 것을.

[당신은 혼자가 아니다]

당신이 느끼는 불안감은 당신만의 것이 아니다.

새벽 3시에 깨어나는 것도 당신뿐이 아니고,
야근으로 지치는 것도 당신뿐이 아니고,

돈이 부족한 것도 당신뿐이 아니고,
관계 때문에 외로운 것도 당신뿐이 아니다.

우리는 모두 같은 시대에 살고 있다.

같은 불안을 느끼고,
같은 고민을 하고,
같은 밤을 새운다.

이 책은 그것을 말해 주기 위해 쓰여졌다.

[당신에게 해 주고 싶은 말]

당신은 충분하다.

당신이 한 일로도 충분하고,
당신이 안 한 일이 있어도 충분하고,
당신이 가진 것으로도 충분하고,
당신이 없는 것이 있어도 충분하다.

우리는 같은 밤을 걷고 있다

당신은 그냥 충분하다.

이 책은 당신을 판단하지 않는다.
당신을 바꾸려고 하지도 않는다.

단지, 당신의 감정을 인정해 주고 싶다.

당신의 불안함이 정상이라는 것을,
당신의 외로움이 특이한 게 아니라는 것을,
당신의 피로가 개인의 문제가 아니라는 것을,
당신이 혼자가 아니라는 것을

말해 주고 싶다.

[마지막으로]

당신이 이 책을 읽으면서 웃을 때도 있을 것이고, 울 때도
있을 것이다.
아무 감정도 느껴지지 않을 때도 있을 것이다.

모두 정상이다.
당신의 반응이 무엇이든, 당신은 옳다.

이 책의 시는 절대적인 답을 주지 않는다.
대신, 당신에게 질문하고 함께 생각하기를 원한다.

당신의 직함은 정말 당신인가?
당신의 일상은 정말 당신이 선택한 것인가?
당신은 정말 혼자인가?
당신이 원하는 것은 정말 무엇인가?

이 질문들을 가지고 이 책을 읽어 보자.

그리고 읽은 후에, 당신이 당신 자신에게 던질 수 있는
새로운 질문이 생긴다면,

그것이 바로 이 책의 역할이 끝났다는 뜻이다.

우리는 같은 밤을 걷고 있다

[당신에게]

이 책을 펼친 당신에게.

당신의 밤이 조금 밝아지길.
당신의 마음이 조금 가벼워지길.
당신이 혼자가 아니라는 것을 느끼길.

진심으로 바란다.

그리고 만약 이 책이 당신의 마음에 닿았다면,
누군가에게 이 책을 추천해 주기를.

그것이 바로 "당신도 혼자가 아니라는 것을 아는 누군가"
를 위한 일이 될 것이니까.

2026년 3월
현대를 살아가는 모든 당신을 위해

차례

제1부

일과 직업

1. 9시 5분

알람이 울린다
어제와 같은 시간
내일과 같은 기상

카카오톡 톡
디스코드 톡
이메일 톡

누군가는 꿈을 본다고 했다
나는 엑셀을 본다

숫자가 살을 깎아 낸다
한 칸씩, 한 항목씩

퇴근 후 나는 누구인가
일을 제외한 나는 누구인가

거울을 봐도
직함이 먼저 보인다

우리는 같은 밤을 걷고 있다

2. 스펙의 무게

이력서가 무거워진다
경력, 자격증, 학점
쌓인 거 많을수록 떨어지는 게 많다

세상은 묻지 않는다
'행복한가'를
'적성이 맞는가'를

오직 '스펙이 충분한가'를

서른을 앞두고
아직도 부족하다고 느낀다
내가 충분하지 않다고

죄책감이 이력서를 쓴다
희망이 자기소개서를 낸다

그리고
또 떨어진다

3. 야근의 철학

밤 11시, 사무실은 여전히 밝다
"다들 있으니까"
"다들 한다고"

초과근무수당? 없다
대신 무언의 압박이 있다

남은 사람이 책임감 있는 사람인 줄 알았다
이제 알았다

남은 사람은 그냥 남겨진 사람이다

집에 가는 것도 죄책감이 필요한 시대
일을 떠나는 것도 '먼저 가도 괜찮나' 계산하는 시대

언제부턴가
좋은 직원 = 일 잘하는 직원이 아니라
= 많이 남아 있는 직원이 되었다

우리는 같은 밤을 걷고 있다

4. 인턴의 봄

오리엔테이션 날
우리는 모두 예쁜 가능성이었다

세 달 후
예쁜 가능성은
'다음 달 계약 갱신'의 불안감으로 변했다

실무를 배운다고 했다
배운 건 업무 강탈의 속도뿐이다

"인턴이니까 최저임금도 싸게"
"경력이 되니까 이 정도면 괜찮지"

봄은 끝났다
우리의 것이 시작되기 전에

5. 번아웃

번아웃이란 이름도 진지하다
마치 노력 부족 같은 뉘앙스로

하지만 이건 포기가 아니다
이건 몸이 멈춘 것이다

뇌가 거부한다
손가락이 거부한다
심장이 거부한다

더 이상 아무것도 남지 않았는데
자꾸 남아 있다고 하니까

비타민을 먹고
명상을 하고
휴가를 가도

돌아오면 또 같은 자리

그래, 이건 개인의 문제가 아니었다

우리는 같은 밤을 걷고 있다

6. 직장 라이프밸런스

'워라밸'이라는 단어가 유행어가 된 것 자체
그것이 답이다

누구도 갖지 못한 것이
유행어가 될 리 없다

수요일 야근하고
목요일 야근하고
금요일은 "금요일이니까 괜찮아" 하며 야근한다

월요일 아침
'이번 주는 다를 거야'라고 다짐한다

금요일 밤
'다음 주는 다를 거야'라고 거짓말한다

혹은
진짜 그럴 거라 생각한다

7. 면접실의 거울

"당신의 장점은?"
"겸손하고 신중합니다"

"당신의 단점은?"
"일에 너무 집중해서 개인 시간을 못 챙깁니다"

정답을 말했다
그래서 앞 의자가 끄덕인다

하지만 누구도
진짜 장점을 묻지 않는다
진짜 단점을 묻지 않는다

면접실의 거울에는
진짜 내가 비치지 않는다
오직 '당신들이 원하는 나'만 비친다

우리는 같은 밤을 걷고 있다

8. 첫 월급

통장에 300만 원

어제까지 나는
'나중에'를 말할 수 있었다
'나중에 돈 벌면'을
'나중에 취업하면'을

오늘부터 나는
'지금'의 책임을 갖는다

300만 원은
이자가 200만 원이 되고
적금 70만 원이 되고
남은 30만 원으로
차라리 열심히 생각하는 것보다
비우는 게 낫다

이제 알겠다
자유는 돈이 아니라
시간이었다

9. 퇴사의 계절

"그만둔다"는 문자 한 줄
준비하기 위해 몇 달이 필요했다

사직서를 쓰는 손이 떨린다
결혼식 청첩장보다 더

아무도 널 원하지 않는데
이 회사가 널 필요로 한다고 생각하니

더 무섭다

마지막 인사말을 준비해 본다
하지만
"감사합니다"라는 말이
자살 같다

3개월 후
너는 이 자리에 없을 것이고
모두는 잊을 것이다

우리는 같은 밤을 걷고 있다

★

그게 해방인지
죽음인지
아직도 모르겠다

10. 일 이외의 나

"취미가 뭐예요?"라는 질문
더 이상 대답할 수 없다

일이 취미가 됐다는 뜻이 아니라
취미를 잃어버렸다는 뜻이다

무언가를 좋아하려면
시간이 필요하다
에너지가 필요하다

남겨진 건 피로뿐이다

당신들은 묻지 않는다
"행복한가"를

대신 묻는다
"일이 즐거운가"를

나는 답한다
"그럼요"라고

★

거짓말이
직업이 되는 시대다

제1부 에필로그: **일과 직업**

"당신의 직함은 당신이 아니다"
제1부를 읽으면서 당신은 아마도 불편함을 느꼈을 것이다.

왜인가?

당신의 현실이 너무도 정확하게 담겨 있었기 때문이다.

아침 알람, 야근, 스펙 경쟁, 번아웃, 그리고 당신은 여전히 부족하다고 느낀다.

하지만 제1부가 전하고 싶은 말은 이것이다.

당신이 부족한 게 아니라, 세상의 기준이 비정상이다.

직함이 당신이 되면 안 된다.
당신은 당신이다.

직장인이기 이전에, 당신은 인간이다.

회사는 당신의 시간을 구매했지만,

28   우리는 같은 밤을 걷고 있다

당신의 영혼을 구매하지는 못했다.

만약 당신이 지금 이 문장을 읽으면서
"그런데 나는 그 영혼마저 회사에 팔았다"고 느껴진다면,

그것이 바로 변화가 필요한 신호다.

당신은 충분하다.
당신이 한 일로도 충분하다.
당신이 안 한 일이 있어도 충분하다.

당신은 그냥 충분하다.

제2부

일상과 감정

11. 새벽 3시의 깨달음

침대에서 뒹군다
자정이 지났다

갑자기 생각난다
지난주 말한 그 실수

왜 저렇게 했을까
왜 저렇게 말했을까

새벽 3시의 나는
천재다

모든 대사를 다시 쓸 수 있다
더 나은 표현으로
더 현명한 선택으로

아침 8시
그 깨달음은 사라진다
다시 일상이 시작되고

★

새벽 3시가 되어야
다시 나는 천재가 된다

12. 휴대폰 중독

손이 휴대폰을 들었다
이유를 모른다

멈추려고 했다
못 했다

밥을 먹고도
휴대폰을 본다

화장실도
휴대폰과 함께다

누군가
"휴대폰 좀 내려놔"라고 한다

내려놓으려고 한다
그런데

손이
또 들었다

우리는 같은 밤을 걷고 있다

★

이건 중독이 아니다
이건 습관이 아니다

이건 현대의 호흡이다
휴대폰 없이
나는 숨을 쉴 수 없다

13. 비가 오는 날

비가 온다
외출할 이유가 생긴다

집에 있을 명분이 생긴다

창밖을 본다
우산 쓰고 가는 사람들
그들은 가야 할 곳이 있다

나는 있나

비가 올 때마다
나는 자유로운 척
할 수 있는 모든 핑계를
찾는다

청소, 영화 보기, 책 읽기
다 거짓이다

사실 나는

★

비가 주는
가만히 있어도 되는 기분
그걸 기다렸다

14. 30초 영상 중독

30초면 충분하다
더 이상 이야기는 필요 없다
감정도 30초면 충분하다

웃고, 놀라고, 화나고
30초 후 스크롤

다음 영상
또 30초

이게 여가인가
이게 쉼인가

뭔가 봤는데
아무것도 기억나지 않는다

3시간을 봤는데
3분처럼 느껴진다

반대로

우리는 같은 밤을 걷고 있다

★

3분 일은
3시간 같다

시간이 뒤틀렸다
아니다

내가 뒤틀렸다

15. 혼자인 것에 대하여

"혼자니까 자유롭지 않아?"
온 세상이 묻는다

자유가 뭐냐고
나는 묻고 싶다

혼자 밥 먹고
혼자 영화 보고
혼자 자고

그게 자유인가
그냥 외로움의 다른 이름 아닌가

누군가와 함께여도 외롭고
혼자여도 자유롭지 않고

결국 외로움은
선택이 아니라
상태다

우리는 같은 밤을 걷고 있다

그래도
나는 혼자가 좋다

왜냐하면
함께해도 이렇거든

16. 알람음

가장 싫어하는 소리다
빛도, 까마귀 울음도 아니고

알람음이다

그 소리는
죽음을 알린다
어제의 나의

일어나야 한다고
계획된 삶이 시작된다고
알린다

끄는 순간
좀비처럼 일어난다

이게 나인가
이게 살아가는 건가

혹은

우리는 같은 밤을 걷고 있다

★

우리 모두 좀비고
어디가 다른 건가

17. 배고픈 토요일

냉장고를 본다
뭔가 있다
뭐가 있는지 모르지만

밥을 먹을 기운이 없다
배고프지만

인스턴트를 먹을 수도 있다
하지만 그것도 힘들다

그냥
눕는다

배고픔과
피로가
섞여서

어떤 게 더 심한지
모르게 된다

우리는 같은 밤을 걷고 있다

며칠 전에 먹은 음식이
아직도 소화 중인가

아니다
내가 소화 중인 건
마음이다

18. 카톡 답장

"안녕, 요즘 뭐 해?"

핸드폰을 본다
답장을 쓰려고 한다

뭐라고 해야 할까

"일, 먹고, 자고, 반복"이라고
할 수는 없고

"너도 안녕"이라고
답할 수도 없고

결국 답장을 안 한다

그리고
이틀 뒤
"미안, 늦게 봤어"라고
한다

우리는 같은 밤을 걷고 있다

★

이건 거짓말이다
본 건 그날이다

하지만
답할 기운이 없었다
누군가의 일상에
공감할 기운이 없었다

19. 분리수거

재활용 쓰레기통에 버린다
플라스틱, 종이, 캔

분리가 되는 건
쓰레기뿐이다

내 감정은
어디에 버려야 할까

기쁨은 유리처럼
부서져도 날카로우니까

슬픔은 종이처럼
불타서 없어질 때까지
태워야 하니까

그리고
분노는?

분노는

우리는 같은 밤을 걷고 있다

★

재활용이 안 된다

다시 사용하면
더 위험하니까

20. SNS 속 나

아침 10시, 나는 일어난다
흐린 얼굴로

아침 10시 30분, SNS에 올린다
밝은 표정으로

사진을 찍기 위해 산책한다
산책을 즐기기 위해서가 아니라

좋아요가 늘어날수록
마음이 줄어든다

저 좋아요는
진짜 나를 좋아한 건가
내가 보여 주는 나를 좋아한 건가

아무도 모른다
내 화면이 꺼졌을 때
나를

제2부 에필로그: 일상과 감정

"반복 속에서 찾는 작은 빛"
제2부는 반복의 무게에 대해 이야기했다.

같은 시간에 일어나고,
같은 것을 먹고,
같은 길을 가고,
같은 감정으로 자고.

답답한가?
그렇다.

하지만 제2부가 궁금해하는 것은 다른 질문이다.

"혹시 그 반복이 안전함을 주고 있지는 않은가?"

변화를 원하면서도,
변화를 두려워하는 우리들.

그것도 정상이다.

일상은 감옥일 수 있지만,

동시에 그것은 당신의 리듬이다.

새벽 3시에 깨어난다.
그것도 당신의 리듬이다.

휴대폰을 본다.
그것도 당신의 리듬이다.

반복이 싫다면 변화를 시도하면 된다.
하지만 반복이 편하다면, 그것도 선택이다.

제2부는 당신을 판단하지 않는다.
당신이 그 반복을 의식하고 있는가를 묻는 것뿐이다.

의식 없는 반복은 중독이다.
의식 있는 반복은 선택이다.

당신의 일상이 어느 쪽인지 생각해 보자.

관계와 연결

21. 생일축하 메시지

"생일 축하해"

문자가 온다
카톡이 온다
인스타 댓글이 온다

감사하다
고마워하다

하지만

누가 나를 기억해서일까
아니면
달력이 알려 줘서일까

생일은 나의 존재를 증명하는가
아니면
사라지지 않은 것을 확인하는 것인가

이 글에는

우리는 같은 밤을 걷고 있다

★

생일 축하라는 문장이 없다

내가 여기 있다고
증명하고 싶지 않으니까

22. 선택받는 기분

"너 먼저 연락할래?"

아니다, 너니까 했던 연락
이제 너를 기다릴 수 없다

내가 먼저인 건
내가 쉽기 때문이다

아무 소식이 없으면
혼자가 아니라고
스스로를 속인다

하지만
진짜는
너를 기다리고 있다는 뜻이다

선택받는 사람이 되고 싶다
먼저 손을 내밀지 않는
그런 사람

우리는 같은 밤을 걷고 있다

그런데
그러면
혼자다

23. 헤어지는 방식

"우린 다르잖아"
"시간이 필요해"
"지금은 아닌 것 같아"

다 맞는 말이다
다 거짓말이다

사실은
싫었다
지쳤다
포기했다

그런데
그렇게 말하면
너무 미안한 것 같아서

완화제를 쓴다
"시간이"
"둘이"
"앞으로"

우리는 같은 밤을 걷고 있다

★

그런데 모두 알고 있다
그게 끝이라는 걸

아직도 묻지 않는다
"대체 뭐가 잘못됐는가"를

아마
답이 없을 거니까

24. 친구의 성공

그의 SNS에 신입사원 인증이 올라왔다
좋아요를 누른다

축하한다는 댓글을 단다

진심이다

동시에
조금 섭섭하다

왜 나는 아직이지

비교하지 말라고 했다
나랑 타인을

근데
세상이 비교하게 만든다

비교만 하면
충분하다

우리는 같은 밤을 걷고 있다

모두가 뭔가 이루었는데

혼자만 제자리인 것 같은
그런 기분

축하한다
정말로

25. 엄마와의 통화

"요즘 뭐 해?"
"잘 먹고 있어?"
"만나는 사람 없어?"

변하지 않는 질문들

대답하고 싶은데
뭐라고 해야 할까

"힘들어"라고 하면
"모두 힘든 거야"라고 한다

"안 힘들어"라고 하면
"정신 차려"라고 한다

엄마는
나를 원한다

하지만
알고 싶은 나를

★

아는 나는 아니다

전화를 끊을 때
항상 죄책감이 남는다

26. 동료와의 거리

매일 본다
8시간을 함께한다

그런데 아무것도 모른다
서로

"주말 뭐 할 거예요?"
"그냥요"

"컨디션 좋으세요?"
"네"

대화가 업무가 된다
관계가 조직이 된다

혹시 점심을 먹으러 가자고 할까
혹은
퇴근 후 만날까

아니다

우리는 같은 밤을 걷고 있다

★

그건 선을 넘는 거다

동료라는 직함 속에
가두자

27. SNS에서 사라진 친구

사진이 삭제되었다
계정이 사라졌다

혹은
SNS를 접었다

연락하지 않을 이유가 생겼다

만난다는 건
힘든 일이다

디지털 속에서나
"안녕하셨어요"가

현실에서는
"뭐, 요즘 뭐 했어?"가

너무 무겁다

그래서

우리는 같은 밤을 걷고 있다

★

다들 사라진다

SNS에서

28. 이별의 계절

가을이면
누군가와 헤어진다

개인적인 거 아니다
공식적으로

가을이 좋다고 했던 사람과

지금은
가을을 보면
그 사람이 떠오른다

계절이
시간이
모든 게

추억이 된다

그리고
추억은

우리는 같은 밤을 걷고 있다

★

떠나는 거다

29. 우리라는 단어

"우리"가 좋다
혼자가 아니라
함께라는 느낌이

회사는 "우리 회사"라고 하고
학교는 "우리 학교"라고 한다

국가도
"우리나라"라고 한다

그런데
정말 그렇나

아니다

우린
"나"와 "너"일 뿐이다

"우리"라는 단어가
얼마나 거짓말인지

우리는 같은 밤을 걷고 있다

★

이제 안다

30. 약속

"다음에 봐"
"내일 연락할게"
"곧 만나자"

말할 때는 의도한다
정말 그럴 거라고

근데
약속 문화가 죽었다

우린
약속 대신
"나중에"를 교환한다

"나중에"는
약속이 아니라
희망이다

그런데
희망도 자주 안 온다

제3부 에필로그: **관계와 연결**

"혼자라고 느껴지는 너에게"
제3부는 가장 모순된 부분이다.

누군가와 함께 있어도 외로운가?
그렇다. 그것은 외로움이 거리의 문제가 아니라는 뜻이다.

외로움은 감정의 문제다.

누군가를 사랑한다.
하지만 그 사람이 당신을 완벽하게 이해하지 못한다.
당신도 그 사람을 완벽하게 이해하지 못한다.

그 이해 불가능의 거리 속에서 우리는 외로워한다.

하지만 제3부가 말하고 싶은 것은 그 거리도 관계의 일
부다.

완벽한 이해를 원하면 혼자가 되면 된다.
완벽한 이해를 받으면 자신을 잃는다.

우리는 그 중간에 있다.

불완전한 이해 속에서 누군가를 믿는 것.
그것이 관계다.

그래서 SNS에서 사라진 친구를 떠올리고,
카톡 답장이 없는 친구를 생각하면서도,
그래도 우리는 누군가를 필요로 한다.

왜인가?

왜냐하면 혼자는 더 외롭기 때문이다.

당신이 관계로 인해 상처받았다면,
그것은 당신이 누군가를 진심으로 소중히 했다는 증거다.

그 상처를 안고도,
당신이 또 누군가를 믿으려 한다면,
당신은 매우 용감한 사람이다.

우리는 같은 밤을 걷고 있다

제4부

여행과 탈출

31. 공항에서

떠난다
여행을 가는 게 아니라
떠나는 거다

현실에서
책임에서
나 자신에서

비행기에 타는 순간
모든 게 멀어진다

핸드폰 비행기 모드를 켠다
마치
내 삶도 비행기 모드가 되는 것처럼

돌아가야 한다는 공포감도
함께 탄다

32. 낯선 도시에서

지도를 본다
길을 잃으려고 한다

혹은
길을 잃는 게 계획이다

낯선 도시에서는
누구도 나를 모른다
모르는 누군가여도
괜찮다

여기서
나는
누군가 될 수 있다

아무도 내 직함을 묻지 않으니까

33. 여행 사진

예쁜 사진을 찍는다
그 순간을 위해
여행을 하는 건 아니지만

사진을 위해
여행을 한다

사진에 담기지 않는 순간들은
잊혀진다

내가 본 풍경보다
렌즈에 담긴 풍경이
더 중요해진다

여행이
기록이 되고

기록이
여행이 된다

우리는 같은 밤을 걷고 있다

34. 카페에서

낯선 도시의 카페
창밖으로 모르는 거리

여기서
나는
누군가의 창밖이 될 수 있다

스쳐 지나가는
이름 모를 사람

그들도
날 모른다

그래서
편하다

누군가의 주인공이 아니라
그저
배경일 수 있어서

35. 돌아가는 비행기

비행기가 이륙한다
처음엔 슬펐다
이제는
그냥 피곤하다

여행은 끝났다
현실이 시작된다

어제의 나로
돌아가야 한다

비행기에서
내려오는 순간
모든 게 원래대로다

풀렸던 마음도
다시 팬다

36. 여행에서 돌아온 후

SNS에 사진을 올린다
"너무 좋았어"라고

하지만
벌써 일상이다

여행 중에 본 것들은
이미 흐릿하다

사진으로만
여행이 남는다

다시 가고 싶다
모르는 도시로
다시
누군가가 아닌
그냥 배경으로

37. 기차 여행

기차 창밖으로
낯선 도시들이
지나간다

멈추지 않는
움직임

여행이
운동이
되는 기분

시간이
흐르고
풍경이
바뀌고

나도
함께
바뀌는 걸까

우리는 같은 밤을 걷고 있다

38. 버킷리스트

죽기 전에 할 일들
적어 놓고
본다

어느새
"여행 가기"가
맨 위에 있다

더 이상
어디론가 여행을 가는 게 아니라
여기서
도망치는 거다

떠나고 싶다
이 삶에서

하지만
어디 가도
같을 것 같다

39. 하숙집 외출

한 달을 살아 본
도시

더 이상
낯설지 않다

하지만
여전히
내 도시가 아니다

아침 햇살은
전과 같은데

뭔가 달라 보인다

아마도
내가
달라졌기 때문일 거다

떠날 날짜를

우리는 같은 밤을 걷고 있다

★

세고 있다

40. 한 발짝 더

여행지에서
한 발짝 더 걷는다

더 깊은 골목으로
모르는 거리로

혹시
나를 찾을 수 있을까
이 미로 어딘가에

하지만
미로에서
잃어버린 건
찾아지지 않는다

제4부 에필로그: 여행과 탈출

"돌아가는 비행기 위에서"
제4부는 당신의 도피 욕망을 담았다.

여행이 아니라 탈출.

낯선 도시로 가는 이유는 그곳이 좋아서가 아니라,
여기가 싫어서다.

그것도 정상이다.

비행기에 타고, 낯선 카페에 앉으면,
당신은 다시 태어난 기분이 든다.

아무도 당신을 모르니까.
당신의 직함도, 당신의 실패도, 당신의 외로움도 모르
니까.

그곳에서는 당신이 누군가가 될 수 있다.

하지만 비행기를 내리면 다시 원래의 당신이 된다.

제4부가 묻는 질문은

"그렇다면 당신은 어디에 가야 하는가?"

답은 간단하다.

당신 자신 안으로.

외부의 도시는 당신을 바꾸지 못한다.
하지만 당신의 시선을 바꾸는 것은 가능하다.

여행이 필요하다면 가자.
하지만 여행에서 돌아온 후,
당신의 삶을 조금 다르게 보려고 노력해 보자.

그것이 진정한 여행의 의미다.

미래와 희망

41. 새해

"새해 목표를 세웠어?"

새해가 되면
우린 새로워질 거라고 믿는다

1월 1일
갑자기 모든 게 바뀔 거라고

그런데
1월 2일에
우린 여전히 우리다

변해야 한다는 압박감
새로워져야 한다는 부담감

그것만
새해는 준다

42. 스물다섯

성인이 된 지도 벌써
몇 해가 지났다

어른이 되려고 했는데
아직도
비용 계산을 한다

"이거 사도 돼?"

어른은
계산을 한다는 뜻인가

자유는
언제 오나

어른이 되니까
더 없다

43. 결혼과 출산

"언제 결혼할 거야?"
"아이는?"

나는 묻고 싶다

왜
나의 미래를
결정했어

내가
원하는 게
결혼인가
출산인가

아니면
그냥
누군가와
함께 숨 쉬는 게
전부인가

우리는 같은 밤을 걷고 있다

44. 꿈에 대하여

"꿈이 뭐예요?"

요즘
이 질문이
두렵다

꿈이 있다면
따라가야 하는데

나는
그 길을
걸을 용기가 없다

차라리
꿈이 없다고
하는 게

편하다

45. 돈과 인생

돈이 있으면
행복할까

이미
충분히
있어 본 사람들도
불행하다

그럼
돈이 없으면
어떨까

내 문제는
돈인가
아니면
나 자신인가

우리는 같은 밤을 걷고 있다

46. 나이

숫자가 늘어난다
매년

스물다섯에서
스물여섯으로
스물일곱으로

언제부턴가
나이를 세는 게
두려워졌다

죽음으로
향하는
계산이 되니까

하지만
멈출 수 없다

47. 죽음을 생각할 때

밤이 되면
생각한다

언젠가 죽을 거다

그럼
지금
이 일이
의미가 있나

쳇바퀴처럼
도는
일상이

죽기 전에
뭔가 남길까

아니면
그냥
흔적 없이

　　　　　　　　　　우리는 같은 밤을 걷고 있다

★

사라질까

48. 희망이라는 단어

희망이 필요하다고 했다

근데
희망은
실망이
된다

기다렸던 것이
오지 않으면

희망 따위
없는 게 낫다

그래도
우린
희망한다

또
실망한다

★

이 반복을
뭐라고 부를까

49. 계속되는 것들

해는 올라온다
해는 진다

바람은 분다
비는 온다

나만
제자리다

세상은
계속되는데

나만
멈춰 있나

아니다
나도
계속 움직이고 있다

다만

우리는 같은 밤을 걷고 있다

★

그것을
진전이라고
부르지 못할 뿐

50. 새벽 다섯 시

새벽이 된다
잠을 설쳤다

혹은
너무 일찍 깼다

창밖은
아직 어둡다

해가 뜨기 전의
시간

희망과
절망이
섞이는
시간

이 시간에
뭔가
깨달을 것 같은데

우리는 같은 밤을 걷고 있다

해가 뜨면
또
잊는다

내일 밤
같은 시간에
또 생각할 거다

같은 것들을
또 깨달을 거다

그래서
살아가는 게
아닐까

제5부 에필로그: 미래와 희망

"내일을 기다리며"
제5부를 읽으면서 당신은 희망과 절망 사이를 오갔을 것이다.

새해가 되면 변할 거라고 생각했다.
나이가 먹으면 성숙해질 거라고 생각했다.
언젠가는 행복할 거라고 생각했다.

하지만 계절은 바뀌고, 나이는 먹어도, 당신은 여전히 당신이다.

그것이 절망인가?
아니다.

그것은 현실이다.

변화는 오지 않는다.
하지만 진화는 가능하다.

변화 = 다른 것이 되는 것

진화 = 지금의 당신이 더 나아지는 것

당신은 새로워질 필요가 없다.
당신은 더 나아지면 된다.

제5부가 전하는 최종 메시지는
희망은 미래에 있지 않다. 희망은 지금에 있다.

지금 당신이 숨을 쉬고,
지금 당신이 누군가를 만나고,
지금 당신이 이 시를 읽고 있다는 것.

그것이 희망이다.

내일을 기다리지 말자.
오늘을 살아 내자.

그리고 오늘이 누적되었을 때,
어느 날 당신은 깨닫게 될 것이다.

"아, 나는 살고 있었구나."

제6부

돈과 현실

51. 통장 잔액

숫자를 본다
5만 원

어제는 50만 원이었다
오늘은 5만 원이다

뭘 샀는지 기억나지 않는다
아마도
위로였을 거다

혹은
도피였을 거다

핸드폰으로
통장을 확인하는 시간이
가장 긴장되는 시간이다

희망과 절망 사이에서
떨리는 손가락

우리는 같은 밤을 걷고 있다

52. 저축의 꿈

저축 앱을 깔았다
목표: 1,000만 원

매월 100만 원씩 모으기로 했다
손가락으로 계산해 본다

10개월이면 된다

하지만
다음날 피자를 먹는다
그리고 또 옷을 산다

목표 화면을 닫는다
다시 열지 않기로 한다

53. 카드 청구서

카드 청구서가 온다
마치 시험 성적처럼

밤새 계산한다
뭐에 이 돈을 썼나

분명 필요한 것들이었는데
지금은 필요 없어 보인다

카드를 자르고 싶지만
카드 없이는 살 수 없다

이 악순환이
현대의 생존이다

우리는 같은 밤을 걷고 있다

54. 용돈

어른인데도
돈이 부족하다

학생 때는
부모님께 받은 용돈으로 충분했다

지금은
어디에 쓰는지 모르게
사라진다

아, 알겠다
나는 여전히
용돈을 받는 입장이다

다만
자기 자신에게

55. 명품과 자존감

그 가방을 본다
100만 원짜리

가질 수 있다
돈은 있다

하지만
산 후의 나를 생각한다
텅 빈 통장
죄책감으로 가득한 어깨

그래서 본다만
산다 하지 않는다

혹은
산다
그리고
후회한다

우리는 같은 밤을 걷고 있다

56. 빚

친구에게 빌렸다
5만 원

언제 갚지
언제

매번 만날 때마다
그 5만 원이 떠오른다

작은 빚이
큰 마음의 짐이 된다

빚은
돈이 아니라
관계를
좀먹는다

57. 구독료 지옥

음악 구독 9,900원
영상 구독 14,900원
드라마 구독 12,900원
피트니스 구독 39,900원
뉴스 구독 4,900원

다 더하면
82,690원

매달
내 월급의
아주 작은 부분

하지만
이게 작은 부분이라고 생각하니
더 문제다

이미 마취되었다

우리는 같은 밤을 걷고 있다

58. 알바의 시간

시급 10,320원
한 시간에
10,320원

너무 많다고 생각했다
이제는 너무 적다

1시간 일해서
라떼 한 잔
2시간 일해서
영화표 한 장

시간이 돈이라는 걸
이제 안다

그래서 더
시간이 아깝다

59. 투자 광고

유튜브에서 자꾸 나온다
"월 1,000만 원 번다"
"주식으로 부자 되는 법"

클릭하고 싶다
하지만 두렵다

저 사람도
처음엔 저 정도가 아니었겠지

아마도
저 광고를 보는
나처럼

우리는 같은 밤을 걷고 있다

60. 경제적 자유

"경제적 자유를 꿈꾼다"
라는 제목의 책을 봤다

경제적 자유란
무엇인가

월 200만 원이면 충분한가
500만 원이면 충분한가
1,000만 원이면 충분한가

계산해도
항상
부족하다

그래서
자유는
꿈이다

제6부 에필로그: **돈과 현실**

"자유가 아닌 것을 자유라 부르는 시대"
제6부는 가장 현실적인 부분이다.

돈의 무게.

통장 잔액을 본다.
공포감이 든다.

충분한가?
영원히 충분하지 않다.

제6부가 보여 주는 것은
돈은 자유가 아니라, 불안의 수량화다.

돈이 많으면 불안이 적은가?
아니다.

돈이 많은 사람도 '충분한가?'라고 묻는다.
돈이 적은 사람도 '충분한가?'라고 묻는다.

우리는 같은 밤을 걷고 있다

차이는 숫자뿐이다.

하지만 제6부가 절망만을 말하는 건 아니다.

제6부가 말하는 것은
"당신이 돈의 노예가 되지 말자"

돈은 도구다.
도구가 주인이 되면 안 된다.

당신은 돈을 벌기 위해 삶을 버렸다.
하지만 당신이 원하는 것은 돈이 아니라 시간이었다.
그렇다면 이제 시간을 사자.

휴가를 내고,
친구를 만나고,
자신을 위해 쓰자.

돈은 그 정도면 충분하다.

제7부

취향과 소비

61. 카페 문화

카페에 간다
커피를 마시러가 아니라
그 분위기를 마시러 간다

노트북을 펼친다
일하는 척한다

누군가는 나를 본다
아마도 일하는 사람이라고

사실
나는
여기 있다
라는 사실을 증명하려는 중이다

62. 취향 구별하기

"당신의 취향은?"

답하기 어렵다
내가 좋아하는 것과
좋아해야 한다고 생각하는 것이
섞여 있으니까

K-pop을 좋아하나
아니면
K-pop이 있어 보이나

책을 읽나
아니면
책 읽는 사람이 있어 보이나

63. 추천 알고리즘

유튜브가 알고 있다
나보다 나를

"당신이 좋아할 만한"

그 제목이
자꾸만 맞다

편하다
선택할 필요가 없으니까

하지만
동시에
무섭다

나는
데이터다

우리는 같은 밤을 걷고 있다

64. 쇼핑몰 장바구니

물건들이 쌓인다
장바구니 안에

사지 않는다
단지
모아 둔다

마치
장바구니만으로도
충분한 것처럼

클릭할 때
심장이 뛴다
하지만
결제할 때도 뛴다

결국
나는
장바구니만으로
만족한다

65. 브랜드 충성도

같은 브랜드만 산다
커피, 화장품, 옷, 가방

왜일까

아마도
선택지가 많으면
더 힘들어지니까

누군가는
"확신"이라고 부를까

나는
"포기"라고 부른다

우리는 같은 밤을 걷고 있다

66. 유행 따라가기

핫한 카페
핫한 상품
핫한 색깔

다들 간다
그래서 나도 간다

핫한 게
식을 때쯤
또 다른 핫함이 나타난다

우린
계속 따라간다
뒤처지지 않으려고

67. 세일의 유혹

30% 할인
50% 할인
70% 할인

"이제 사야 한다"
속삭인다

하지만
원래 안 사려던 건데
싸니까 산다

결국
세일이
가장 비싼 쇼핑이다

우리는 같은 밤을 걷고 있다

68. 선물의 무게

선물을 받는다
고마움과 부채감이
함께 온다

나도
누군가에게 선물한다
같은 감정으로

우리는
물건으로
관계를 무게 잰다

69. 중고 플랫폼

팔았던 물건을 본다
다른 누군가가 사들였다

당신은 그 물건을 좋아할까
아니면 나처럼
사고 후회할까

우리는
서로의 후회를
물려받는다

우리는 같은 밤을 걷고 있다

70. 패스트 패션

옷이 자꾸 낡아진다
한두 번 입고

하지만 또 산다
같은 가격에
다른 색깔로

언제부턴가
옷은
옷이 아니라
소비의 단위가 되었다

제7부 에필로그: **취향과 소비**

"당신이 사는 것은 물건이 아니라 정체성이다"
제7부는 매우 불편한 진실을 담았다.

당신은 뭘 사는가?

진짜 필요한 물건?
아니면 그렇게 느껴지는 것?

소비문화가 만든 가장 큰 거짓말은
"소비 = 개성 표현"

당신이 입는 옷으로 당신을 판단한다.
당신이 가는 카페로 당신을 정의한다.
당신이 사는 물건으로 당신의 취향을 본다.

그것도 정상이라고 생각했다.

하지만 제7부가 묻는 것은
"소비 없이 당신은 누구인가?"

핸드폰이 없으면?
명품 가방이 없으면?
인스타에 올릴 사진이 없으면?

그때 남는 당신은 누구인가?

제7부는 당신에게 답을 주지 않는다.
단지 질문을 던질 뿐이다.

하지만 분명한 것은
당신은 당신이 사는 물건보다 훨씬 더 소중하다.

소비를 즐기되,
소비에 정체성을 의존하지 말자.

당신의 진정한 취향은,
당신이 홀로 있을 때 나타난다.

제8부

기술과 소통

71. 영상통화

"영상통화 할래?"

거울을 본다
화장을 다시 한다
배경을 정리한다

2시간을 준비해서
30분을 말한다

영상통화는
준비 과정이
더 길다

우리는 같은 밤을 걷고 있다

72. 메시지 기다림

초록불이 떴다
'읽음'

하지만 답장이 없다

5분이 지난다
10분이 지난다
1시간이 지난다

불안감이 자란다
혹시 화났나
혹시 잘못 말했나

결국
'읽음'이
더 못된 상태다

73. 알림 없음

핸드폰이 울리지 않는다
하루 종일

불안하다
이상하다

혹시 고장 났나
혹시 나를 다 차단했나

우린
알림 없음을
견딜 수 없게 되었다

우리는 같은 밤을 걷고 있다

74. 폰 배터리

배터리가 5%다

밖에 있다
집에 가야 한다

극도의 긴장감
모든 움직임을 제한한다

배터리 없이
세상에 나갈 수 없다

배터리가
생명이다

75. 패스워드 지옥

비밀번호가 몇 개인가
세어 본다

은행
이메일
SNS
쇼핑몰
게임
구독 서비스

다 다르다
다 외워야 한다

머리는
여전히
펑크다

우리는 같은 밤을 걷고 있다

76. 온라인 프로필

프로필 사진을 본다
한 달에 한 번쯤 바꾼다

"더 잘 나오는 각도가 뭘까"

결국
온라인의 나는
거울을 마주한 나와 다르다

가상의 내가
더 괜찮아 보인다

77. 업무 톡

퇴근했다
하지만
카톡은 꺼지지 않는다

밤 9시
"내일 회의 준비 부탁해"

답장을 쓸지 말지
고민한다

답장하면
일과 집의 경계가 사라진다

우리는 같은 밤을 걷고 있다

78. 음성 메시지

길게 말해야 할 것 같으면
음성 메시지를 보낸다

하지만
상대방이
그 음성을 들을 때
내가 상상한 톤으로 들릴까

전달되는 건
목소리뿐이다
진심은 아니다

79. 온라인 약속

"내일 봐"라고 했다
채팅으로

내일 아침
"일이 생겼어, 미안"

이제 둘 다 놀라지 않는다
온라인 약속은
반반의 확률이다

　　　　　　　　　　우리는 같은 밤을 걷고 있다

80. 디지털 단절

핸드폰을 내려놓는다
"20분만"이라고 생각한다

3분이 지난다
너무 길다

소식이 뭐가 있을까
누가 날 봤을까

견딜 수 없다
손이
다시 들었다

이제
나는
내려놓을 수 없다

제8부 에필로그: **기술과 소통**

"화면 너머의 관계"
제8부는 가장 현대적인 부분이다.

우리는 항상 연결되어 있다.
하지만 더 외로워졌다.

역설이다.

기술이 우리를 가깝게 했지만,
동시에 더 멀게 만들었다.

영상통화를 한다.
하지만 화면을 통한 상호작용일 뿐,
진정한 만남은 아니다.

메시지를 받는다.
하지만 그 메시지의 톤을 정확히 알 수 없다.

핸드폰은 당신을 세상과 연결했다.
하지만 당신을 당신 자신에게서 멀어지게 했다.

우리는 같은 밤을 걷고 있다

제8부가 전하는 메시지는
"기술은 우리의 삶을 대체할 수 없다"

핸드폰을 내려놓자.
비행기 모드를 켜자.

한 시간만.

그리고 그 한 시간 동안,
당신은 누구인지 다시 생각해 보자.

기술 없이.
SNS 없이.
알림 없이.

당신이 남는다.

그것으로 충분하다.

에필로그: **전체를 마치며**

8부를 모두 읽은 당신에게.

당신은 8개의 다른 세상을 거쳐 왔다.

일에서 소진되고,
일상 속에서 잃어버리고,
관계 속에서 상처받고,
여행을 꿈꾸고,
미래를 두려워하고,
돈을 세고,
물건을 사고,
기술에 중독되는.

그 모든 당신.

혹시 당신은 아직도 생각하고 있지 않은가?

"혹시 이건 내 탓인가?"

아니다.

우리는 같은 밤을 걷고 있다

이건 우리 모두의 탓이다.
그래서 이건 누구의 탓이 아니다.

시대의 탓이다.
구조의 탓이다.
문화의 탓이다.

당신은 이 시대를 건디고 있다.

그것으로 충분하다.

더 이상 당신을 탓하지 말자.

당신은 충분히 잘하고 있다.

이 시집이 당신에게 주는 것

[1. 위로]

당신은 혼자가 아니다.

새벽 3시에 깨어나는 것도 당신뿐이 아니고,
일에 지치는 것도 당신뿐이 아니고,
돈이 부족한 것도 당신뿐이 아니고,
외로운 것도 당신뿐이 아니다.

우리 모두 같은 밤을 보내고 있다.
그것만으로도 당신은 충분히 혼자가 아니다.

[2. 성찰]

이 시들을 읽으면서 당신은 자신의 삶을 다시 볼 수 있을
것이다.

평소에는 보지 못했던 것들.
"당연하다"고 생각했던 것들.
"이럴 수밖에 없다"고 포기했던 것들.

그것들이 정말 당연한지,
정말 어쩔 수 없는지
다시 생각해 볼 기회를 줄 것이다.

[3. 공감]

당신의 감정을 누군가 이미 느꼈고,
그것을 언어로 옮겼다.

그것이 시의 가장 큰 힘이다.
나만 이렇게 느끼는 게 아니구나.
세상에 나와 같은 사람들이 있구나.
그 깨달음.

후기

이 시집은 당신의 이야기다. MZ세대인 당신이 경험하는 일상의 반복, 일과 삶의 불균형, 디지털 세상에서의 고독, 그리고 끊임없는 불안감. 이 모든 것이 당신만의 것이 아니라 우리의 것이라는 걸 이 시들이 말하고 싶다.

때로는 웃음이 나올 것이고, 때로는 답답함이 느껴질 것이다. 하지만 누군가는 새벽 3시에 깨달음을 얻고 있을 것이고, 누군가는 비행기에 오르고 있을 것이다.

우리는 혼자가 아니다. 비록 혼자처럼 느껴질지라도.

각 시편이 당신의 삶에 겹쳐지고, 또 다른 시각으로 자신의 삶을 바라볼 수 있기를 바란다.

우리는 같은 밤을 걷고 있다